*Dieses Büchlein widme ich:*

**Meinen Lehrmeistern,**

allen geistig behinderten Menschen.

Du hast Dein Leben
und bist wie Du bist.
Der Norm der Gesellschaft
Du auch nicht entsprichst.
Du kannst nicht gut reden.
Du kannst nicht gut gehen.
Du hast mich gelehrt,
Dich mit dem Herz zu verstehen.
Du hast mich gelehrt, weder Gut oder Geld
sind wichtig zum Leben in Deiner Welt.
Du hast mich gelehrt,
auf jeden Tag mich zu freuen
und einfach nur ich selber zu sein.
Weil auch ich anders bin,
der Norm nicht gleich!
Bin ich im Herzen unendlich reich!
Dank Deiner Hilfe will ich es wagen,
diesen Reichtum in die Welt zu tragen.

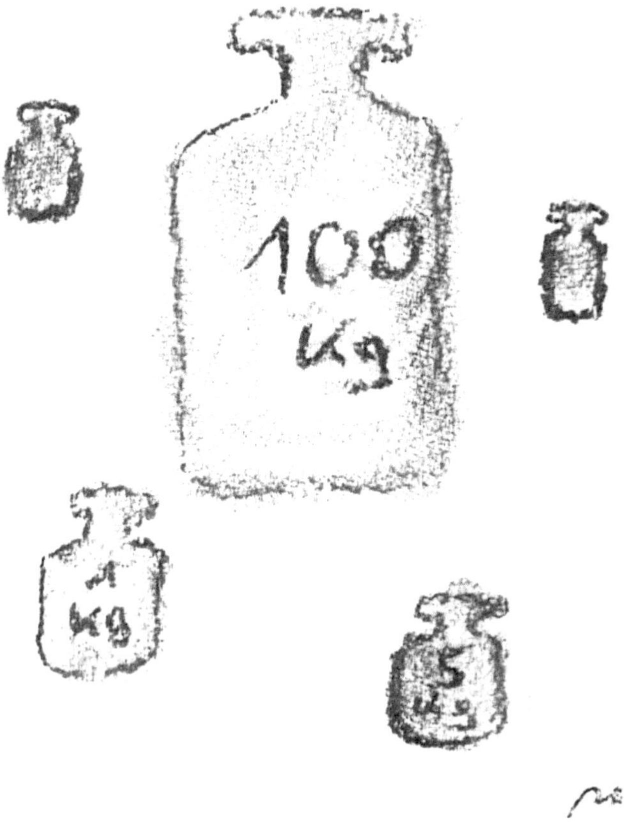
100
kg
1
kg
5
kg

## Das Leben ist nicht immer leicht,

haben mich meine bisherigen Erfahrungen gelehrt. Ich empfand das Leben erdrückend. Egal was ich tat. Hatte wenig Freude. Es war anstrengend für mich, so zu leben.
Ich hatte das Gefühl, als wären große Steine an meinen Füßen angekettet. Zentnerschwere Lasten auf meinen Schultern zwangen mich in eine gebeugte Haltung. Mein Kopf senkte sich nach vorn und mein Blick nach unten. Je länger mein Leben dauerte, um so schwerer wurden mir die Lasten. Ich hatte das Gefühl, sie hielten mich klein. Mit diesem Gewicht war es mir nicht möglich, mein Leben zu leben, so wie ich es gern gelebt hätte.
Ich traf immer nur Menschen, die Lasten mit sich herum schleppten. Die Lasten einfach abzuwerfen und die Ketten zu entfernen, auf diese Idee kam ich nicht!
Unterhielt ich mich mit anderen Leuten, klagten wir uns gegenseitig unser Leid und wie sehr wir doch darunter litten, mit diesem Gepäck umhergehen zu müssen. Doch wir schleppten es fleißig weiter. Wir waren es ja so gewohnt!
Es gab auch andere Menschen. Ihr Gang war

aufrecht wie ihr Blick. Diese Menschen gingen leicht, locker und gelassen mit allem um und durch das Leben. Sie hatten sogar Freude dabei! Es gab nichts, was sie auf irgendeine Weise am Voranschreiten hinderte. Solchen Menschen begegnete ich sehr selten. Traute mich nicht, ihnen in die Augen zu blicken oder gar mit ihnen zu reden. Hatte Angst, nicht das Richtige zu sagen, wenn ich von ihnen angesprochen wurde. Insgeheim bewunderte ich diese Menschen voller Ehrfurcht. Mir schien, sie bewohnten andere Sphären. Ein Land, das ich nie und nimmer betreten könnte!

Ich kam mir klein und kleiner vor.

Manchmal ließ ich Gedanken in diese Welt wandern, stellte mir vor, wie es dort wäre…

So heil! So schön! So ganz ohne Schwere!

Alle Menschen dort sind freundlich und aufrichtig, gehen behutsam und höflich miteinander um, so dass sich niemand gekränkt oder verletzt zu fühlen braucht.

Das war wirklich eine wunderbare Welt, die ich mir da mit meinen Träumereien erschuf!

Tauchte ich aus meiner Traumwelt wieder auf, spürte ich erneut die Lasten, die ich mit mir herumschleppte. Ich hatte das Gefühl, dass sie jedes Mal schwerer wurden – Angst, dass ich mich bald gar nicht mehr bewegen konnte. War ich in Bewegung mit meinen Lasten, spürte ich sie nach einiger Zeit fast kaum noch. Also gab ich mir Mühe, ständig in Bewegung zu bleiben!

Dabei fiel mir gar nicht auf, welch gewaltige Kraft ich aufwenden musste, um mit meinen Lasten durch das Leben zu gehen. Ich war viel mehr damit beschäftigt, ständig in Bewegung zu bleiben! Immer schneller wurde mein Gang.

Mein ganzes Tun war von Hektik geprägt!

Von der Angst beherrscht, die Lasten wieder zu spüren, wenn ich innehalten und mich ausruhen würde. Natürlich trat genau das von mir Befürchtete ein! Ich geriet in Panik!

Ich spürte jetzt das Gewicht der Lasten doppelt und dreifach und hatte das Gefühl, unter ihnen zu ersticken und zu zerbrechen.

In solchen Momenten flüchtete ich von der realen Welt in meine heile Traumwelt! Doch es war nur ein Fantasiegebilde, das nichts, aber auch gar nichts mit der tatsächlichen Wirklichkeit zu tun hatte. Es war ein Traum! Mit einem Anfang und einem Ende.

Das Ende des Traumes wollte ich nicht wahrhaben! Doch es kam und war da. Ob ich wollte oder nicht! Mit großem Entsetzen hab ich das erkannt! Es ging mir damit nicht gut. Also flüchtete ich immer öfter in meine Traumwelt und mir fiel gar nicht auf, dass sich die Grenze zwischen Traum und Wirklichkeit aufgelöst hatte!

Ich war zu allen freundlich und wollte niemanden verletzen, verhielt mich genauso wie all die netten Menschen in meiner Traumwelt und versuchte, es allen recht zu machen! Hoffte, von anderen nicht verletzt zu werden, weil ich ja mit gutem Beispiel voran ging und auch niemanden verletzte.

Irgendwann werden sie es auch begreifen! So lange wollte ich warten. Ich glaubte, so funktioniert das Leben. Hoffte, alle anderen würden sich ändern! PUSTEKUCHEN!

Hat schon irgendwann irgendjemand irgendwo das Verhalten eines anderen Menschen verändern können? NEIN!

Das kann jeder nur selbst tun, wenn er dazu bereit ist. Diese Sichtweise hatte ich damals noch nicht gehabt.

Ich war eher darauf bedacht, anderen ihre Last abzunehmen, um meine schöne, heile Welt entstehen zu lassen.

Die Menschen um mich herum veränderten sich nicht, doch gaben sie mir gern von ihren Lasten ab. Ich hab deren Last genommen und nicht gewusst, dass ich mich damit selbst verletzte. Ich habe lediglich gespürt, dass meine eigene mit jedem Nehmen anderer Lasten noch größer wurde. Anfangs machte es mir nicht viel aus.

Auf die Idee, mein eigenes Verhalten zu ändern, keine Lasten mehr zu nehmen, kam ich nicht.

Ich wollte doch nur die schöne, heile Welt!

Ich war bereit, dafür auch etwas zu tun! Lasten zu schleppen!... Ja, das waren meine Gedanken. Ich kannte ja nur diese.

Doch eines Tages war es soweit. Ich wollte keine Lasten mehr schleppen.

NEIN zu sagen, dieser Gedanke war gar nicht in meinem Kopf! Also bekam ich weiterhin die Lasten der anderen und dazu eine große Wut! Doch in meiner schönen, heilen Welt gab es kein Gefühl Wut. Dort gab es nur „edle" Gefühle!

Wohin also mit diesen „niederen" Gefühlen?

Schluckte sie einfach wieder hinunter, wenn sie hochkamen. Damit vergrößerte ich meine Last noch mehr. Aber ich hielt alles aus und

hielt auch durch!
Tat für meine schöne, heile Traumwelt alles, um sie doch noch entstehen zu lassen! Schluckte alles, was nach meiner Meinung nicht hineinpasste. Ob es mir schmeckte oder nicht! Wut, Kränkungen jeder Art... ich schluckte einfach alles!
Ich sah keine andere Möglichkeit!
War so besessen, so fixiert, auf meine schöne, heile Welt, dass ich die Schmerzen, die ich mir mit meinem Verhalten selbst zugefügt hatte, gar nicht mehr spürte.
Dafür spürte ich mich selbst nicht mehr!
Ich habe mich verleugnet, mich selbst klein gemacht für ein Lob, für etwas Anerkennung. Habe meine innere Stimme zum Schweigen gebracht, um mich nicht mehr spüren zu müssen.
Den ganzen Schmerz meiner Seele …!
Wollte doch nur meine schöne, heile Welt mit lauter netten Menschen!
Dafür habe ich einen sehr hohen Preis bezahlt und sie doch nicht bekommen. Ich habe für dieses Wolkenkuckucksheim mit meiner Selbstaufgabe bezahlt.
Ich habe Lasten geschleppt, die nicht meine waren und bin daran zerbrochen.

**ICH habe alles genauso gewollt!**
**Ich bin allen Beteiligten dankbar,**
**dass alles so geschehen ist,**
**wie es geschehen ist.**
**Besonders danke ich mir selbst!**
**ICH LEBE!**

Zerbrochen sind all die harten Schalen, die ich um mein Herz gelegt hatte, um den Schmerz meiner Seele nicht mehr spüren zu müssen. Jetzt bin ich dabei, die Schalen wegzuräumen, mich wiederzufinden.
Ich habe Ordnung geschaffen und dabei Gedichte und Geschichten geschrieben.
Dabei erkannt, dass es wichtig ist, neue und andere Gedanken zu entdecken.
Es ist **meine** Aufgabe, mir Zufriedenheit in meinem Leben selbst zu schaffen, nicht die der anderen wie ich immer gedacht habe.
Es bereitet mir Freude, mich zu entdecken.
Vor manchem hatte ich sogar Angst!
Es ist schon kurios, vor sich selbst Angst zu haben! Doch so ist es.

**So bin ich!**
**Einfach ein liebenswertes Kind Gottes.**
**Genau wie Du.**

## Für Mich und Dich!

An eines denke immerzu:
Der wichtigste Mensch
in Deinem Leben bist DU.
Glaube an Dich! Und dass Du es schaffst!
In Dir wohnt eine große Kraft.
Sie heilt Dich. Hilft Dir, Dir zu vergeben.
Es ist die Liebe zu Deinem Leben.
Nur Du selbst
kannst Dich retten, Dich befreien!
Lass einfach die Liebe in Dein Herz hinein.
Sie tut nicht weh. Sie tut nur Gutes.
Sie kommt daher grad frohen Mutes
und hüllt Dich bis zum Herzensgrunde ein.
Nimmt manches fort und fügt hinzu.
All dies geschieht ganz sanft, in Ruh'.
Sie tut dies gern!
Lässt Du sie in Dein Herz hinein,
werdet ihr immer zusammen sein.
Deine Liebe zu Dir ist Dein größter Schatz.
Gönn' Dir den Reichtum!
Gib' ihm seinen Platz!

# DIE ALTE REGENTONNE

An der Hauswand auf einem Bauernhof stand eine Regentonne und tat schon viele Jahre ihren Dienst. Sie sammelte das Regenwasser in ihrem Bauch, das vom Hausdach aus dem Regenrohr kam.

War sie voll, ließ sie sich einfach überlaufen und tränkte die Erde um sich herum. Jahr um Jahr tat sie dies und ist alt geworden. Die leuchtende Farbe von damals ist verblichen und an einzelnen Stellen kommt sogar der Rost durch. Sie hat auch etliche Dellen und Beulen. All das macht ihr nichts aus! Sie ist gerne eine Regentonne und es ist ihr egal wie sie aussieht! Die Bäuerin schöpft aus ihr das Wasser, um die Beete zu gießen. Die Hühner und Enten, die auf dem Hof leben, bekommen ihr Trinkwasser aus der Regentonne, auch der alte Hund und die zwei Katzen. Alle trinken mit großem Behagen dieses Wasser, es ist weich und süß! Die Tonne gibt es bereitwillig her.

Sie ihrerseits nimmt gern das Wasser vom Regen an. Füllt sich immer wieder damit auf und gibt es weiter. So haben alle ihre große Freude!

Doch dieses Jahr reichte das Wasser der Regentonne nicht aus. Sie war fast immer leer. Die Bäuerin musste sich sehr tief in die Tonne beugen, um an das Wasser heranzukommen. Sie japste jedes Mal nach Luft und keuchte, wenn sie aus der

Tiefe wieder auftauchte. Es war für sie sehr mühsam und anstrengend.

*„Das tut mir nicht gut! Es geht sicher auch anders und einfacher. Wie kann ich es nur verändern?“* fragte sie sich.

Am Abend setzte sie sich zum Bauer auf die Hausbank und erzählte ihm von der Plagerei beim Wasserschöpfen. *„Ich habe dieses Jahr einige neue Beete angelegt und brauche mehr Wasser zum Gießen. Das Wasser aus der alten Regentonne reicht nicht mehr aus. Ich plage mich sehr beim Schöpfen! Das tut mir nicht gut. Hast du eine Idee, wie es einfacher geht?“* Der Bauer dachte einige Zeit darüber nach. Dann sprach er zu seiner Frau: *„Regen ist genug da. Er reicht leicht aus, um zwei Tonnen zu füllen. Wir stellen einfach noch eine Regentonne dazu und verbinden die beiden. Ist die alte Regentonne voll, fließt das Wasser über die Verbindung in die andere Tonne und füllt diese ebenfalls auf. Beginnt das Schöpfen Mühe zu bereiten, nimmst du einfach die andere her! Dann geht's wieder leichter. Gleich morgen fahre ich los und kaufe eine neue Regentonne. Einverstanden?“*

*„Ein guter Einfall! Eine zweite Tonne! Das ist die Lösung! Dann hat die Plagerei ein Ende.“* Die Erleichterung darüber war der Bäuerin deutlich anzumerken. *„Danke für deine Hilfe.“*

Der Bauer lächelte, fuhr der Frau mit seiner Hand sanft durch die Haare und gab ihr einen Kuss:

*„Hab ich doch gern gemacht für meine liebe Frau! Jetzt lass uns schlafen gehen.“*

Die Nacht war vorüber und die Sonne kitzelte mit ihren Strahlen den Tag wach. Die Vögel sangen schon seit einiger Zeit ihre Lieder und verbreiteten mit ihrem Gesang überall Freude.

Der alte Hund blinzelte noch ein wenig schläfrig. Die beiden Katzen jedoch tollten schon herum. Auch die Blumen, die in großen Töpfen an der Hauswand entlang geschützt standen, reckten ihre Köpfe dem Tag entgegen. Alle waren froh, dass ihnen die Sonne auch heute wieder Licht und Wärme schenkte.

Der Bauer trat aus dem Haus. Er atmete einige Male tief ein und aus. Dabei streckte er seine Arme zur Seite, damit seine Lungen ja genug Platz hatten, sich mit der Luft des neuen Tages zu füllen. Sie schmeckte nicht mehr nur nach Frühling. Ein Hauch Sommer war schon mit dabei. Da war es wichtig, dass er noch heute eine zweite Regentonne holte, damit genug Gießwasser für die trockene Zeit bereitstand. Bis dahin würde es sicher noch einige Male regnen, so dass sich die neue Tonne füllen konnte.

Er fuhr in die Stadt und kam mit einer schönen neuen grünen Plastikregentonne zurück. Sie hatte einen festen, grünen Deckel mit einem Griff. Der Bauer stellte die neue Tonne neben die alte und schaffte mit einem Stück Gartenschlauch zwischen beiden eine Verbindung. Wenn nun die alte Regentonne vollgelaufen war, konnte das Wasser in die neue weiterfliessen und diese ebenfalls füllen.

Den Deckel mit dem Griff fand er sehr praktisch. So war es einfacher, an den Inhalt zu kommen. Die alte Regentonne hatte keine richtige Abdeckung. Sie musste offen sein, weil sie das Wasser aus dem Regenrohr hereinließ. Nur ein altes Metallgitter lag obenauf, damit keine Tiere hineinfielen. Im Herbst hielt es herabfallendes Laub zurück.
Der Bauer warf einen anerkennenden Blick auf seine Arbeit. Die alte und die neue Tonne einträchtig nebeneinander und miteinander verbunden. Er war zufrieden.

*„Hallo, ich bin Frieda. Ich bin eine Regentonne. Und wer bist Du?“* stellte sich die neue Tonne vor. – Es kam keine Antwort. Doch das störte Frieda nicht. Und so plapperte sie munter weiter: *„Ich war mit ganz vielen Regentonnen zusammen, da wo ich herkomme. Wir haben immer miteinander gesprochen und hatten oft Spaß. Bist du auch eine Regentonne?“* - Frieda wartete diesmal etwas länger, bevor sie bemerkte: *„Ach! - Du kannst wohl nicht sprechen?“* sinnierte sie weiter *„Schade, ich hätte mich gerne mit dir unterhalten. Hier ist so viel Neues, was ich noch gar nicht kenne. Zum Beispiel da drüben! Diese Tonne, die sich auf Stöcken bewegt und laute Töne von sich gibt. Den einen Stock wird sie bald verlieren. Der wackelt schon sehr verdächtig hin und her! Und was sind das für zwei kleine Tonnen auf Stöcken? Bei denen ragt sogar einer noch in die Höhe? Wow!“* Frieda staunte nur. Die alte Regentonne hatte jedes Wort verstanden. Doch weil sie schon lange nicht mehr gesprochen hatte, fiel

es ihr nicht leicht, ihre Stimme zu gebrauchen. Sie räusperte sich zuerst ein wenig, bevor sie zu sprechen anfing: *„Ähm! - Frederike - Regentonne - Ähm!"* - *„Juhu! - Du kannst sprechen!"* vor lauter Freude klapperte Frieda mit ihrem grünen Deckel. *„Du bist Frederike, auch eine Regentonne wie ich! Und du kannst sprechen!"* Frieda war sehr froh, dass sie sich wieder unterhalten konnte. *„Da hab ich es aber gut getroffen!"*
*„Ähm! - Ich habe sehr lange nicht mehr gesprochen, immer nur meinen Dienst getan. - Ähm!"* Die alte Regentonne machte allmählich ihre Stimme frei. *„Du bist jung und weißt noch nicht viel. Ich sammle das Regenwasser schon seit sehr langer Zeit in mir. Die Tonne da drüben, das ist ein Hund. Und die zwei anderen sind Katzen. Es sind alles Tiere."* erklärte Frederike. *„WOW"* staunte Frieda *„Du weißt aber viel!"* Diese gab nur zur Antwort: *„Als ich noch jung und neu war, so wie du, hatte ich auch nur Tonnen-Gedanken und konnte nur in Tonnen denken. Im Laufe der Zeit habe ich gelernt, auch andere Gedanken zu haben, weil ich anderes gehört habe. Und ich habe gelernt, auch anders zu sehen. Nicht mehr nur Tonnen. Ich sehe die Menschen als Menschen, die Tiere als Tiere, das Haus als Haus. Die Blumen, Pflanzen, Sträucher und Bäume als das, was sie sind. Ich sehe jetzt alles so, wie es ist."*
Frieda sagte darauf nichts. Sie schwieg nur. Es fielen ihr keine Worte ein, die sie hätte sagen können. Sie bemerkte nur, dass etwas mit ihr geschah. Sie fühlte sich plötz-

lich erbärmlich und wertlos. Ihre freudige Neugier wich einer Traurigkeit. Sie war sehr darüber erschrocken, dass sie nur Tonnen-Gedanken hatte. Wäre Frieda schon voll Regenwasser, würde sie jetzt überlaufen.

Frederike, die alte, verbeulte Regentonne, bemerkte, was ihre Worte ausgelöst hatten. Mit ruhiger Stimme sprach sie weiter: *„Weißt du Frieda, es ist doch ganz normal, dass du nur Tonnen-Gedanken hast. Du warst bisher nur mit Tonnen zusammen. Wie kannst du anderes denken, wenn du nur Tonnen hörst und siehst und mit Tonnen sprichst, die auch nur Tonnen-Gedanken haben. Verstehst du, was ich meine?“*

Ganz zaghaft war Friedas Stimme: *„Ich glaub schon. Doch so richtig weiß ich noch nicht, ob ich es verstanden habe. In mir ist jetzt so ein Durcheinander!“* – Frieda war wirklich etwas verwirrt. Ihre Tonnen-Gedanken vermischten sich mit den neuen Gedanken. Die Tonnen-Gedanken schoben die Neuen immer wieder weg! Frieda hatte Mühe, ihre Gedanken zu sortieren und beide nebeneinander zu stellen. Doch sie schaffte es! *„ Ach! Jetzt verstehe ich, was du meinst, Frederike! Wenn ich nichts anderes als Tonnen-Gedanken zulasse, werde ich auch immer nur Tonnen-Gedanken haben. Erst, wenn ich anderes zulasse, anderes höre und sehe, kann ich auch anderes denken. Hab ich es richtig verstanden?“*

*„Genauso ist es, Frieda.“* freute sich Frederike. *„Du entscheidest, welche Gedanken du zulässt. Niemand sonst! Es sind deine Gedanken. Du bist der Chef! – Wunderbar, Frieda! Du hast etwas sehr Wichtiges*

*erkannt. Du kannst stolz auf dich sein!" „Ja, echt? Ist das so wichtig, welche Gedanken ich habe?"*, wollte Frieda jetzt noch wissen. *„Und ob es wichtig ist! Wie hast du dich denn gerade gefühlt, als ich dir erklärte, dass das keine Tonnen sondern Tiere sind? War das ein gutes Gefühl?" - „Bei weitem nicht! Völlig mies hab ich mich gefühlt, Frederike." - „Und wie hast du dich gefühlt, als du erkannt hast, dass Du die Gedanken auswählen kannst? Deine Gedanken dann selbst gewählt hast, die du haben wolltest?" „Da habe ich mich gleich viel besser gefühlt und wieder Freude gespürt." „Ja, es macht wirklich Freude, nur Gedanken zu denken, bei denen man sich gut fühlt. Und jeder hat es selbst in der Hand. - Gleich bekommen wir noch viel mehr Freude! Dort oben, die dicke Wolke bringt uns viel Regen. Dann wirst du das erste Mal spüren, was es heißt, eine Regentonne zu sein. Freust du dich darauf, Frieda?" „Und wie! Juhu! Regen!"* Frieda klapperte vor lauter Freude mit ihrem grünen Deckel. Wind kam auf und schickte noch mehr Wolken, aus denen fiel Regen auf die Erde und auf das Hausdach. In der Dachrinne sammelte sich das Wasser und floss durch das Regenrohr direkt in Frederike. *„Es ist herrlich, wieder aufgefüllt zu werden!"* sprudelte Frederike vor Freude. *„Ein wahres Labsal! So viel Wasser! Nur her damit! Platz ist genug!"* Das Wasser in Frederike stieg und stieg.

*„In mir ist auch genug Platz!"* meldete sich Frieda. *„Ich will ... Was ist das? Es ist ..." - „Der Regen, der dich jetzt füllt."* ergänzte Frederike den Satz. *„Genieße es!"*

*„Ein seltsames Gefühl. Doch wunderschön. Es ist irgendwie alles miteinander. Alles zusammen. Alles Eins! Ja, ein Einziges aus allem!“* Frieda genoss dieses Gefühl und aufgefüllt zu werden. Frederike kannte das Gefühl, doch auch sie genoss es immer wieder aufs Neue. Es war einfach himmlisch! Beide gaben sich ihrem Gefühl hin. Frieda und Frederike, die Regentonnen.

Die Wolken hatten sich leer geregnet. Der Wind blies den Himmel blank und die Sonne schickte ihre letzten Strahlen für diesen Tag auf die Erde. Einzelne Regentropfen, die noch an den Blättern der Bäume hingen, blitzten wie kleine Kristalle. Sie funkelten in allen Farben des Regenbogens. Der Regen hatte die Luft reingewaschen. Alles war erfrischt. Auf dem Hof hatten sich einige Pfützen gebildet, in denen sich freche Spatzen badeten. Sie hatten viel Spaß dabei!

Die zwei Katzen kamen in die Nähe der Badepfütze und alle Spatzen flogen wie auf Kommando in den Holunderbusch. Auf diesem sicheren Platz konnten sie abwarten bis die Luft wieder rein wurde. Die Katzen verließen die Bühne und trollten sich. Ihr erhofftes Abendbrot saß für sie unerreichbar im Holunderbusch. Der alte Hund hatte dem Treiben amüsiert zugeschaut! Er war froh, dass ihn die Sonne noch ein wenig wärmte.

*„Na Frieda, wie fühlst du dich jetzt?“* wollte Frederike wissen. Frieda spürte in sich hinein, welche Gefühle es genau waren: *„Aufgefüllt, nicht mehr leer. Und irgendwie bereit. Ich weiß allerdings nicht wozu ich mich bereit fühle. Ich hab einfach nur ein gutes Gefühl! Es*

*tut mir so gut, das zu spüren – Frederike?" „Ja, Frieda. Was ist?" „Ist es in Ordnung, sich so gut zu fühlen, ohne dafür etwas getan zu haben? Ich hab ein bisschen ein schlechtes Gewissen!" „Ach, du Liebe! Natürlich ist es in Ordnung, dass du dich gut fühlst. Schlechtes Gewissen, das sind Tonnen-Gedanken! Tun sie dir gut?" „NEIN! Überhaupt nicht!"*
*„Dann schick sie weg! Lass sie einfach nicht mehr zu! Du weißt ja, wie es funktioniert. Es werden immer wieder mal welche auftauchen, anders verkleidet oder in anderen Situationen. Du bist dein eigener Chef! Du bestimmst, welche Gedanken du haben willst. Du gibst die Erlaubnis dazu! Erlaube dir, in jeder Situation nur solche Gedanken zu haben, die dir ein gutes Gefühl bereiten. Du hast ein Recht auf gute Gefühle! – Alles andere sind Tonnen-Gedanken."*
*„WOW! Du sagst das mit so einer Bestimmtheit. Habe ich wirklich ein Recht darauf? Dann will ich nur noch gute Gefühle! Frederike, sag, hast du manchmal auch noch Tonnen-Gedanken?" „Ja. Manchmal schon! Wenn ich zum Beispiel nicht achtsam war beim Denken. Zu ungeduldig. Zu schnell und zu viel wollte, statt langsam zu üben, meine Gedanken zu lenken. Da konnten sich schon hin und wieder Tonnen-Gedanken einschleichen und breitmachen. Ich habe dann immer einige Zeit zu tun gehabt, bis ich herausgefunden habe, was los ist. Die Tonnen-Gedanken verstecken sich nämlich gern hinter anderen oder vermischen sich mit ihnen. Ich habe sehr lange gebraucht, um genau das herauszufinden. Jetzt kann ich sie eher*

*enttarnen. Doch hin und wieder passiert es auch mir noch, dass ich Tonnen-Gedanken zulasse! Doch dann ist es halt so. Irgendwann erkenne ich sie!"*
*„Frederike?" „Ja, Frieda." „Ich bin froh, dass wir zusammen sind. Du erzählst mir alles so anschaulich, dass es für mich ganz einfach ist, es auch wirklich zu begreifen. So, als sei es die normalste Sache der Welt. Und ich hatte nichts anderes als Tonnen-Gedanken! Ich kann es kaum glauben!"*
Frederike lächelte. Sie erinnerte sich an den Moment, als auch sie nur Tonnen-Gedanken hatte. Es war keine leichte Zeit. Sie hatte damals niemanden, der ihr alles erklärte. - Doch das ist vorbei! Jetzt ist es anders! Jetzt kennt sie die Zusammenhänge. Nimmt ihr Recht auf gute Gefühle in Anspruch. Hat gelernt, sich selbst zu vertrauen, geduldig mit sich umzugehen, sich anzunehmen, wie sie ist und noch vieles mehr. – Hat ganz einfach gelernt, sich zu lieben.

Die Tage kamen und gingen und wurden immer länger. Die Sonne hatte die Herrschaft am Himmel übernommen. In der Wärme war das Unkraut gut gewachsen, auch das Gemüse und die Blumen. Die Bäuerin hatte tagsüber im Garten gearbeitet und stellte fest, dass die Erde schon sehr trocken war und nach Wasser verlangte. Doch Regen war weit und breit nicht in Sicht!
*„Meine neue Regentonne, jetzt will ich das erste Mal Wasser aus dir schöpfen."* sagte die Bäuerin freundlich. Sie nahm den Deckel ab und schöpfte mit ihrer Gießkanne aus Frieda. *„Das geht ja völlig einfach. Der*

*Deckel ist gut zu handhaben!"* freute sich die Bäuerin. Und Frieda? Wie ging es ihr damit, dass aus ihr geschöpft wurde? In Frieda machte sich ein Gefühl breit, das sie bisher noch nicht kannte. Es kam ganz tief aus ihrem Inneren. Das erste Mal war sie sich selbst ganz sicher, das richtige Gefühl zu haben. Es kam daher, wohin keine Tonnen-Gedanken hinkommen. - Es kam direkt aus ihrem Herzen. - Jetzt wusste Frieda auch plötzlich, wozu sie sich bereit gefühlt hatte. Sie war bereit, sich zu öffnen, sich öffnen zu lassen, damit aus ihr geschöpft werden konnte. Sie hatte aus sich schöpfen lassen und nun ein wunderbares Gefühl! Frieda erinnerte sich: *„Ich habe ein Recht darauf!"*, und ließ zu, sich wunderbar zu fühlen. Sie war so bei sich, dass sie alles um sich herum vergaß! Erst als sie wieder mit dem Deckel verschlossen wurde, nahm sie ihre Umgebung wieder wahr.
Frederike wusste, was mit Frieda geschehen war: *„Siehst du, Frieda, manche Antworten kommen ganz von allein und meist dann, wenn du gar nicht damit rechnest. Das nennt man Geduld. Es ist nicht wichtig, immer alles sofort zu ergründen. Sondern einfach den Dingen ihren Lauf lassen. Du hast es jetzt gerade selbst erfahren dürfen. War es eine gute Erfahrung?"*
*„Ja, Frederike! Es war eine wundervolle Erfahrung, so tief in mir."* Frieda konnte es noch gar nicht so richtig begreifen, was da in ihr vorgegangen war. *„Nach und nach wirst du nur noch gute Erfahrungen machen. Hab Geduld mit dir und erfreu dich im Moment an deinem neuen Gefühl!" „Ja, das will ich tun. Doch jetzt bin ich ziemlich müde, Frederike." - „Das glaube ich*

*dir gerne, Frieda. Es war ein langer Tag heute. Schlaf gut, du Liebe!" „Danke, du auch!"*

Einige Tage hintereinander schöpfte die Bäuerin aus Frieda das Gießwasser und freute sich dabei immer wieder, wie einfach es doch war, aus der neuen Regentonne zu schöpfen, weil sich der Deckel ganz leicht abnehmen ließ. Jetzt zogen dicke Gewitterwolken auf und der Wind blies mit aller Kraft. Grelle Blitze zuckten am Himmel und aus der Ferne rollte der Donner heran. *„Was ist denn das, Frederike? Das ist ja ein Getöse!"* stellte Frieda fest. *„Gewitter"* war die knappe Antwort von Frederike. Überhaupt war sie seit gestern nicht sehr gesprächig. Auch das hatte Frieda festgestellt. *„Was ist nur los mit ihr? Am besten, ich frage sie, wenn das Tohuwabohu vorbei ist. Bei diesem Lärm kann man sich gar nicht unterhalten."* Frieda wartete das Gewitter ab. Es hatte ordentlich viel geregnet. Frederike hatte Frieda über die Verbindung wieder aufgefüllt. Es hatte ihr nichts ausgemacht. Und doch war da etwas in ihr, das ihr nicht gut tat. Sie merkte nur, dass sie sich immer mieser und minderwertiger fühlte.

So sehr sie auch überlegte, sie fand es einfach nicht heraus. Sie wollte sich in Wirklichkeit mit niemandem unterhalten. Sie wusste im Grunde gar nicht so recht, was sie überhaupt wollte. Am liebsten hätte sie sich unsichtbar gemacht, als sie jetzt von Frieda angesprochen wurde: *„Frederike, was ist los? Du sprichst kaum noch mit mir, bist so kurz angebunden. Geht es dir nicht gut? Kann ich etwas für dich tun?"*, Friedas Worte klangen besorgt. *„Du kannst nichts tun. Ich fühl mich nur miserabel und weiß nicht warum. Das ist alles. Hatte ich schon oft. Es geht schon wieder vorbei."* sagte Frederike und hoffte, das Gespräch damit zu beenden. Frieda war ganz aufgebracht als sie erkannte: *„Du hast ja den Tonnen-Gedanken die Macht überlassen, Frederike! Du hast das Recht, dich gut zu fühlen. Hast du das etwa vergessen?"*

Und mit einem schelmischen Unterton in der Stimme sprach Frieda weiter: *„Mir wurde das von jemandem beigebracht, der um diese Dinge weiß und viel Erfahrung damit hat. Es ist wirklich so. Du kannst es mir glauben! Ich erzähle dir gerne von den Tonnen-Gedanken und wie sie sich anschleichen und verstekken, damit man sie nicht gleich bemerkt. Willst du?"*

Jetzt lächelte Frederike und war sogar froh darüber, dass Frieda ihren Ausführungen so gut zugehört hatte. Ihr neues Wissen sogar mit Geschick anwenden konnte. *„Nein, lass nur. Ich weiß darüber Bescheid. Es ist diesmal etwas anderes, Frieda!" „Was ist es denn diesmal? Wann hat es denn angefangen?"*, Frieda wollte alles nun genauer wissen. Frederike dachte wirklich darüber nach, wann das ungute Gefühl das erste Mal aufgetaucht war.

*„Es hat damit angefangen, als die Bäuerin einige Tage hintereinander immer nur aus dir geschöpft hat." „Was hast du da gedacht? Was waren deine Gedanken?" „Ich bin alt und verbeult und verrostet. Als Reserve bin ich gerade noch gut genug! Und zum Auffüllen der anderen. Sie ist neu und farbig! Ich dage-*

*gen habe überhaupt keine Farbe mehr. Es ist kein Wunder, dass niemand mehr aus mir schöpfen will. Ich kann es nicht ändern. Es ist so. Ja. Damit hat es angefangen. Jeden Tag habe ich mich wertloser gefühlt.*", stellte Frederike fest.
Diese Worte berührten Frieda sehr. *„Aber wir sind doch verbunden. Ohne dich könnte niemand aus mir schöpfen. Hast du daran schon gedacht, Frederike?"*
*„Nein, so habe ich es noch nicht betrachtet. Diese Sichtweise ist wirklich einige Gedanken wert. Danke für deine Hilfe, Frieda."* In Frederikes Stimme klang wieder Zuversicht! Frieda und Frederike hatten gar nicht bemerkt, dass der Bauer und die Bäuerin auf der Hausbank saßen.

*„Das Gewitter hat gut getan. Die Luft ist wieder sauber."* sagte der Bauer. *„Ja, das ist sie und ich brauche heute nicht gießen."* Der Blick der Bäuerin blieb an Frederike hängen. *„Unsere alte Regentonne sieht wirklich erbärmlich aus neben der Neuen. Sie hat überhaupt keine Farbe mehr. Ganz abgesehen von den Dellen und Rostflecken. Wir sollten die alte wegschmeißen und noch eine neue kaufen! Was meinst du, mein lieber Mann?" „Ich meine, wir sollten die alte behalten und sie einfach neu anstreichen. Auch wenn sie alt und verbeult ist, tut sie ihren Dienst immer noch gut! Farbe und Pinsel sind da!"*
*„Du hast immer wunderbare Ideen. Ich habe jetzt Zeit, weil es geregnet hat."* sagte die Bäuerin, denn der Himmel hatte ihr eine Arbeit abgenommen. *„Und ich*

*nehme mir welche. Dann habe auch ich Zeit und helfe dir beim Anstreichen!"* der Bauer freute sich. Diese Beschäftigung war für ihn einmal etwas ganz anderes. Er kam aus der Garage zurück. *„Schau, ich habe so viele Farbreste. Wir können sie schön bunt anmalen!" „Ohja! Vollkommen bunt und schön!"* freute sich seine Frau. Die alte, verbeulte Regentonne erhielt von Bauer und Bäuerin mit ganz viel Hingabe einen neuen, bunten Anstrich. Zufrieden betrachteten beide ihr fertiges Werk. Der Bauer fand: *„Ich bin froh, dass wir sie neu gestrichen haben. Sie sieht prächtig aus!"* Die Bäuerin stellte einen Topf mit Blumen auf das Abdeckgitter der Regentonne. *„Jetzt finde ich, hat sie sogar irgendwie Charakter."* Der Bauer war begeistert und küsste seine Frau.

Frieda schaute Frederike von der Seite her an und staunte. *„Was Farben ausmachen!"* stellte sie fest. *„Fabelhaft siehst du jetzt aus. Sogar mit Schmuck! Ich bin direkt ein bisschen neidisch."* Frederike freute sich über das Kompliment. *„Dankeschön, Frieda! Doch es sind nur Äußerlichkeiten. Das wirklich Wichtige ist der Inhalt. Und der verbindet uns." „Wie meinst du das?"* Frederike hatte ihren wahren Wert erkannt und erläuterte mit gewohnter Sicherheit: *„Das ist ganz einfach, Frieda! Ich empfange meinen Inhalt direkt vom Himmel und gebe ihn dir weiter. Du gibst ihn der Erde weiter, weil ihn die Bäuerin aus dir schöpft. Und somit verbindest du Himmel und Erde. Na?*
*Immer noch neidisch?"*

*„WOW! Nein. Nur stolz! So wertvoll bin ich?“ „Ja, meine Liebe. Du bist sehr wertvoll und darfst mit Recht darauf stolz sein. Ich bin es auch.“ „Danke, Frederike!“ „Gerne, Frieda! Ohne dich wäre ich nie darauf gekommen, dass es wichtig ist, verbunden zu sein.“*

# Erlaubnis

Wind streichelt die Haut,
bringt Bewegung ins Haar.
Nahm Altes mit.
Nichts ist mehr wie es war.
Nur die Zweifel sind geblieben,
die hat der Wind nicht fortgetrieben.
Das Neue, was kommt, tut es mir gut?
Es auch zu nehmen, dazu braucht's Mut.
Oft habe ich Neues freudig begrüßt
und lange Zeit dafür gebüßt.
Ich will nicht mehr büßen,
für alles bezahlen!
Ich will nur, dass sie aufhören,
diese Qualen!
Die Lösung ist in mir.
Ich weiß es genau!
Ich bin eine kluge, liebenswerte Frau.

Plapper ich nach?
Oder glaub ich, was ich hör?
Und wer sagt es alles zu mir?
Wenn ich es höre, spür ich es dann?
Oder fängt alles wieder von vorne an?

Zweifel, Schuld bezahlen
und für alles büßen.
Ich bin bereit,
das Neue zu begrüßen!

Fragen, sieht man es in mir so genau?
Klugheit, Zartheit, erwachsene Frau?

Ich sag's mir jetzt selber!
Will's fühlen, dran glauben.
Wertvoll zu sein,
will ich mir selbst nun erlauben.
Klug und souverän, kraftvoll zugleich.
Sein wie ich bin,
auch zart und weich.

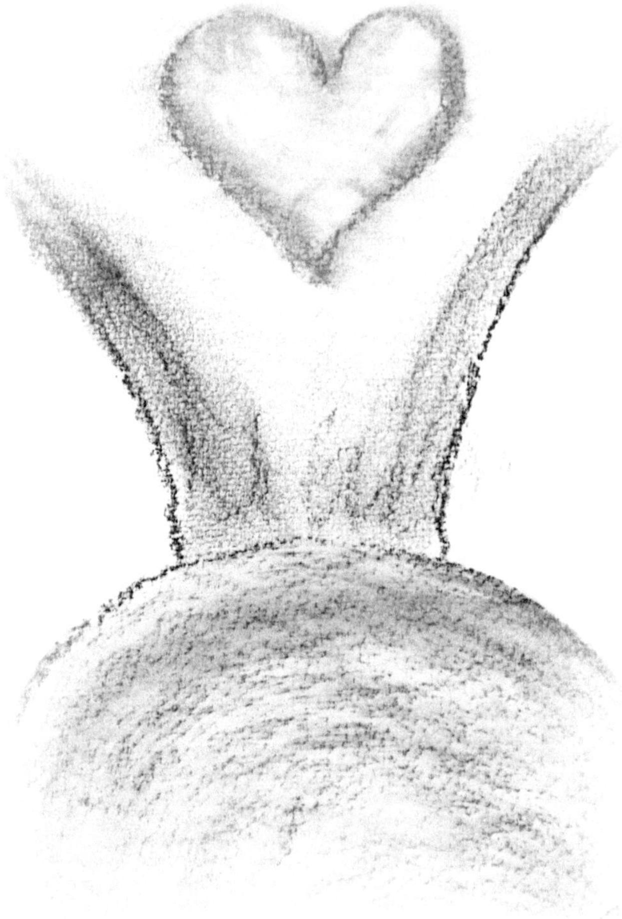

# Innere Gespräche

✿ *Bist du da? Hallo…*

⇨ Grüß dich! Du bist ja heute super drauf! Das freut mich.

✿ *Ja, ich bin echt super drauf. Ich fühl mich so stark. So kräftig! Richtig dick, wenn ich das mal so sagen darf.*

⇨ Du darfst alles sagen. Du brauchst es dir nur zu erlauben. Doch jetzt sage mir, bitte, woher kommt plötzlich deine Stärke, deine Kraft?

✿ *Wenn ich das so genau wüsste. Aber weißt du was, es ist mir völlig schnurz-piepe woher alles kommt. Wichtig ist: Es ist da! Es ist alles da. So ist es.*

⇨ Sieh an! Sieh an! Tomaten-Theo! Ist da jemand aufgewacht?

✿ *Hey! So spitz habe ich dich noch nicht erlebt. Wie bist'n du drauf?!*

⇨ Ja gut halt. Ich freu mich einfach mit dir. So eine kleine Neckerei ist doch amüsant. Macht Spaß! Und Freude tut mir gut. Dir auch, wie ich merke.

✿ *Ja! Gut gemerkt. Du bist ein richtiger Blitzmerker!*

⇨ Du teilst ja ganz schön aus. Es geht dir gut damit, stimmt's!?

✿ *Und wie! Komm, lass dich umarmen! Äh…, wenn du es willst.*

⇨ Und ob ich will! Ich will es sehr! Ich komme aus dem Staunen gar nicht mehr raus. Lass uns jetzt erst mal knuddeln…

✿ *Ja, ich will dich endlich auch mal spüren…wie du so bist und dich anfühlst! …Mmm…*

⇨ Ah …Ohja…Das tut mir gut!

✿ *Ich würde mich am liebsten nie mehr von dir trennen.*
*Du tust mir so gut!*

⇨ Das glaube ich dir. Ich bin froh, dass du mich wiederhaben willst.

❀ *Was?... Wiederhaben? Das ist mir jetzt bissi zu hoch!*

⇨ Erinnerst du dich noch daran, wie du dich gefühlt hast, wenn du etwas machen musstest gegen deinen Willen?

❀ *Oh! Das ist schon lange her… Langsam erinnere ich mich daran. Zuerst bin ich sehr traurig geworden. Habe oft geweint. Ich hatte keine Freude, es zu tun. Alles in mir sträubte sich dagegen. Dann bekam ich Wut auf mich selbst, dass ich es getan habe. Ich habe es oft getan. Doch am schlimmsten war die Traurigkeit. Die tat richtig weh!*

⇨ Ich weiß. Du warst oft sehr traurig und lange Zeit. Mir ging es genauso.

❀ *Was? Wie? Warum warst du auch traurig? Jetzt verstehe ich wirklich nichts mehr!*

⇨ Tut es dir weh, wenn du dich in den Finger schneidest?

✿ *Na klar! Und wie! Was hat denn das mit Traurigkeit zu tun?*

⇨ Du hast vorhin doch selbst gesagt, dass dir die Traurigkeit richtig weh getan hat. Du hattest Schmerzen.

✿ *Ja! Aber es sind andere Schmerzen. Man kann sie nicht vergleichen mit denen, wenn man sich am Finger verletzt.*

⇨ Schmerz ist Schmerz und Verletzung ist Verletzung. Egal wo!

✿ *Wo wo?*

⇨ Ob Körper oder Seele! Egal wo.

✿ *Ah…! Jetzt geht mir langsam das Licht an. Es gibt körperliche und seelische Verletzungen. Beide tun weh. Die eine kann man sehen und fühlen. Die andere nur fühlen.*

⇨ Ja. So ist es. Du hast dich immer verletzt, wenn du gegen dein Gefühl gehandelt hast. Du hast dir mit jeder Verletzung ein Stück von deiner Seele abgetrennt.

❁ *Jetzt hör aber auf! Sich selber verletzen macht doch niemand aus freien Stücken! Sich freiwillig verletzen an Körper und Seele. Das glaube ich dir jetzt nicht.*

⇨ Und doch ist es so. Ganz viele Menschen machen das. Bei den Kindern fängt es an. Ihnen wird von den Erwachsenen beigebracht, gegen ihr Gefühl zu handeln, damit sie in der Gesellschaft funktionieren.
Mal was aus ihnen wird!
Den Erwachsenen wurde es als Kind gleichermaßen beigebracht.
Also geben sie es weiter!
Das macht man eben so und Basta!
Schade, dass sie nicht wissen, was sie damit alles anrichten.

❁ *Oh, du ziehst ja ganz schön vom Leder! Doch genau genommen ist es so. Und ich nehme es genau. Jetzt aber zurück zu dir und mir. Bist du das, was ich denke, das du bist?*

⇨ Was denn? Den Kurs in Gedankenlesen habe ich nicht besucht.

❁ *Du teilst heute aber wirklich aus!*

⇨ Hast du das Gefühl, dass ich austeile?

❁ *Nein! Du willst nur Klarheit! Das ist okay. Ich bin auch für Klarheit und den direkten Weg. Ich habe genug Umwege gemacht!*

⇨ Ich freue mich, dass du das so siehst. Und endlich bist du jetzt hier angekommen.

❁ *Ja, endlich! Endlich bin ich da und bei dir. Bitte, verzeih mir, dass ich dich von mir abtrennte.*
*Ich habe nicht gewusst, dass ich das gemacht habe… Jetzt werde ich schon wieder traurig…*

⇨ Brauchst nicht mehr traurig sein! Du hast mich doch schon gespürt! Du willst mich doch zurückhaben. Und ich will meinen Platz auch zurück. Wir wollen beide das Gleiche! Das ist doch ein Grund zur Freude! Was war, ist vorbei. Jetzt ist Jetzt.

✿ *Danke, dass du mich daran erinnerst.*
*Jetzt ist Jetzt! Niemand kann die*
*Vergangenheit ändern!*
*Du bist so liebevoll.*

⇨ Ja, das sind wir.

✿ *Wieso wir?*

⇨ Weil ich du bin. Wir sind noch nicht
ganz eins. Aber das kommt schon
noch. Ich will meinen Platz wieder!
Schon vergessen?

✿ *Nein! Wo ist denn dein Platz bei mir?*

⇨ In dir drinnen. An einem ganz
wundervollen Ort! In deinem Herzen.

✿ *In meinemHerzen ist deinPlatz?*

⇨ Genau dort!
Denn ich bin deine Liebe.
Deine Liebe zu dir.

## Meine Liebe bleibt bei mir

Jeder hat seine Liebe für sich.
Treffen sich zwei, kann die Liebe fließen.
Kann sich vermehren und ergießen.
Jeder hat auch des anderen Liebe für sich.
Liebe geht hin und her durch eine Tür.
So ist sie bei mir und auch bei Dir.
Geh' ich von Dir fort,
bleibt meine Liebe bei mir.
Bleibt in mir an ihrem Ort.
Deine Liebe bleibt bei Dir.
Triffst Du Dich mit andern,
lässt Du Deine Liebe wandern.
Gehst Du von den andern wieder fort,
bleibt Deine Liebe bei Dir.
Bleibt in Dir an ihrem Ort.
So kann die Liebe
sich stets erneut verbinden,
zwischen den Herzen Girlanden winden.

## Meine Schöpfung

*Ich bin müde und will ins Bett. Wie jeden Abend frage ich nach, ob ich noch etwas tun darf…*
*Heute bin ich aufgefordert zu schreiben, doch momentan noch sehr im Kopf und gerade nicht in meinem Gefühl, um…*

Ich spüre grad, wie sehr ich mich liebe. Wie sehr ich gelernt habe, auf meinen Körper zu hören, wenn mir etwas nicht gut tut. Das Verhalten eines anderen oder mein eigenes.
Ich habe gelernt, mir Gutes zu tun! Meine Denk- und Verhaltensweisen zu ändern, damit ich mich wieder gut fühle. Ob die anderen mit meinem veränderten Verhalten klarkommen oder nicht, ist dann nicht mehr mein Problem.

***Es geht immer nur um mich!***
***Nur ich bin in der Lage, etwas für mich zu tun, damit es mir wieder gut geht.***

Ich habe gelernt, zu sagen, was mir nicht gut tut und entsprechend auch zu handeln.
Zu oft habe ich aufkommende Gefühle, die mir anzeigen wollten, dass diese Situation nicht gut für mich ist, mir nicht gut tut, gar nicht erst kommen lassen, um sie zu spüren.

Sie haben mir ja nicht gut getan! Ich wollte sie nicht spüren! Also hab' ich alles verdrängt! Denn dann hätte ich ja damals schon handeln müssen! Doch das konnte ich nicht, weil ich Angst hatte!
Angst vor der Reaktion der anderen!
Das ist alles unbewußt abgelaufen!
Ich war mir damals meiner selbst nicht bewusst! War ohne Selbstbewusstsein!

Heute ist das anders: Mich braucht man nicht mögen! Mich darf man mögen!
Wichtig ist, dass ich mich selber mag! Und das tue ich aus ganzem Herzen!

>WARUM< - habe ich früher gelebt.
>WARUM DENN NICHT< - lebe ich heute!
>ICH BIN DER SCHÖPFER< - meiner eigenen Gedanken. Gedanken, die mir mein Leben lebenswert und liebenswert machen.

Egal, was auf mich zukommt, ich nehme es an! Ich habe es ja mit meinen Gedanken in mein Leben geholt. Sollte ich etwa nicht nehmen, was ich selbst geschöpft habe?
Meine Gedanken sind gut! Sie sind klar und ohne den Zweifler >…**ABER**…<.
Also nehme ich meine eigene Schöpfung doch gerne an!

Wenn's mir nicht gefällt, was auf mich zukommt, ändere ich die Richtung meiner Gedanken! Erhalte somit einen anderen Blickwinkel auf die Sache.
Meist sind es alte Muster und Verhaltensweisen, die mit Gefühlen daherkommen, die mir nicht gut tun, die mich schon seit der Kindheit prägen. Als Kind war ich hilflos, hatte keine Alternative!

Jetzt bin ich erwachsen, helfe mir selbst!
Ändere meine Gedanken und mein Verhalten, damit ich ein gutes Gefühl habe.

**So funktioniert das Leben**! Ist doch ganz einfach! Erkannt will es werden! Von jedem! - Es ist da für alle! Will es jeder? Will jeder die Verantwortung für seine eigene Schöpfung übernehmen?
Es wird Zeit, dass es geschieht! Es wird Zeit, dass genau **DAS** dir bewusst wird!

**Es wird Zeit, zum Aufwachen! Der Wecker klingelt schon! Es ist Zeit zum Aufstehen!**
**Es ist Zeit, dass Du Dir bewusst wirst, wer Du wirklich bist. Für Dich Verantwortung übernimmst und zu leben beginnst!**

Drücke den Wecker nicht aus mit der Sleep-Taste, um noch ein wenig zu ruhen!
Denn dann könnte es sein, dass ein anderer Dir gerade die Bettdecke wegschöpft...!

## Für Mütter und Väter
## die es werden wollen
## für alle Menschen

Ein jeder hat sein eigenes Leben.
Und niemandes Recht ist es,
auch nur das kleinste Stück
von einem anderen Leben zu nehmen.

Oder ein Stück von seinem eigenen Leben,
gefragt oder ungefragt,
einem anderen zu geben.

Nicht einmal Gott hat diese Macht!
Er grad über alle Leben wacht.

Nur eines darf jeder ungefragt weitergeben:
Die Liebe zum eigenen Leben.

# Botschaft

übermittelt durch *Algiz*

## Menschenkinder, wacht auf!

Ich bin das Bewusstsein, dass auch ihr seid.

***Ihr seid wie ICH.***
***Schöpfer.***
ICH habe euch Körper gegeben,
damit ihr MICH lebt.
ICH habe euch Arme und Hände gegeben,
damit ICH MICH durch euch begreife.
ICH habe euch Beine und Füße gegeben,
damit ICH mit euch vorwärtsgehe.
ICH habe euch Verstand gegeben,
damit ihr ihn benutzt.

***Was aber macht ihr?***
Ihr lasst euch von diesem Verstand
benutzen! Ihr bläht mit ihm euer Ego auf!
Der Plan ist anders!
Erinnert euch!
Ihr Schöpfer.
Ihr lebt. Das sagt euch der Verstand!
In Wirklichkeit lässt er euch träumen,
dass ihr lebt.

Würdet ihr tatsächlich leben, wäret ihr frei!
Ihr seid von eurem Verstand geknebelt.

Lebt ihr, was ihr fühlt?
Sagt ihr, was ihr denkt?
Tut ihr gern eure Arbeit?
Ist euer Leben angefüllt mit Freude?

Wollt ihr noch mehr Fragen?
**NEIN?**

Eure ständige Angst macht euch eng!
Wie wollt ihr dann wahre Freiheit erfahren,
wenn ihr euch von eurem Verstand mit
Angst anfüllen und knebeln lasst?
Wie lange wollt ihr das noch
mit euch geschehen lassen?
ICH habe euch alles gegeben,
was ihr braucht, um wirklich zu leben!
Wacht auf und dreht den Spieß um!
Benutzt diesen Verstand für das Leben!
Ihr seid wie ICH!

***ICH BIN DER SCHÖPFER***

# Eine Entdeckung

Egon ist ein Mensch. Er ist erwachsen und hat eine stattliche Figur. Heute wollte er sich die Welt anschauen und begab sich auf den Weg. Nachdem er schon eine Weile unterwegs war, bekam er Hunger. Er sah ein Huhn, das auf einem Feld Getreidekörner aufpickte. *„Das Huhn wird mir meinen Hunger stillen."* sagte er zu sich und sprach das Huhn an: *„Hey, du Huhn, ich habe auch Hunger. Ich mag dich essen."*

Das Huhn sah nur kurz auf: *„Ich will aber nicht gegessen werden!"* und pickte weiter Körner.

*„Ich habe Hunger und von dir würde ich satt werden."* versuchte es Egon erneut.

*„Ich bin fast satt. Du kannst dir Körner suchen, dann wirst auch du satt."* bemerkte das Huhn.

*„Ich bin ein Mensch und esse keine Körner!"* entrüstete sich Egon.

*„Ich bin ein Huhn, lege Eier und wenn ich hungrig bin, esse ich Körner."* stellte das Huhn jetzt endgültig fest.

Egon wollte dem Huhn Angst machen: *„Aber Menschen können Hühner essen!"*

*„Ja, können sie, wenn beide es wollen. Ich will es nicht! In meinem Plan steht, dass ich in diesem Leben Eier lege."* sagte das Huhn völlig unbeeindruckt. *„Du kannst doch den*

*Plan ändern und in deinem nächsten Leben Eier legen. Dann könnte ich dich jetzt essen.“* versuchte es Egon noch einmal.
*„NEIN! Den Plan kann ich sowieso nicht ändern. Das kann nur der CHEF. Frage ihn, ob er es macht.“*

*„Hallo CHEF! Lieber Gott, bitte ändere den Plan für das Huhn, damit ich es essen kann. Ich habe Hunger.“*

„Sorry, Egon, das ist mir nicht möglich. Ich brauche dazu die Zustimmung des Huhns. Es hat gesagt, dass es nicht will. Ich darf nicht gegen den Willen der Geschöpfe handeln! Das ist das göttliche Gesetz, was ich einzuhalten habe. Es ist von mir höchstpersönlich verfasst und abgesegnet worden!“

*„CHEF, lieber, lieber CHEF, ich habe solchen Hunger! Kannst du wirklich nichts drehen?“* Egon machte eine verschwörerische Miene.

„Egon, du liebes Menschlein, weißt du wie viele Anträge auf Planänderung ich jede Minute reinbekomme? Die flattern sofort in den Papierkorb! Ich bin der CHEF. Ich habe ein einziges Gesetz. Das halte ich ein. Ihr Menschen habt tausendundein Gesetz und haltet so gut wie keines ein. Auch nicht meins! Aber ihr wollt alle Chef werden. Ich **bin** es. Beginnt doch damit, mein einfaches Gesetz einzuhalten und ihr werdet sehen, was geschieht."

*„CHEF, du bist ganz schön streng und ich bin immer noch hungrig!“* jammerte Egon dem lieben Gott in die Ohren.

„Egon, das ist dein Problem und als solches steht es in deinem Plan. Ich sorge für die Einhaltung der Pläne. Löse dein Problem! Du bist mit allem ausgestattet, was du für die Lösung brauchst. Einen Tipp gebe ich dir noch: Die Lösung wird dir auf deinem Weg begegnen! Gute Reise und gutes Gelingen."

*„Danke CHEF.“*
„Und wie gesagt, mein einziges Gesetz gilt es einzuhalten!"

Damit war das Gespräch zu Ende.

Das Huhn wollte jetzt wissen: *„Na, hat der CHEF den Plan geändert? Oder lege ich weiterhin Eier?“*

*„Lege deine Eier und lebe deinen Plan. Mein Plan ist wesentlich diffiziler, er sieht vor, dass ich ein Problem zu lösen habe! Ja, das ist schon was sehr Schwieriges! Doch von so was hast du überhaupt keine Ahnung!“* sagte Egon sehr wichtig und laut. „Ich allerdings auch nicht.“ Doch diese Worte kamen nicht über seine Lippen.

Egon ging weiter. Er war immer noch hungrig.

„Ich bin mit allem ausgestattet, hat der CHEF gesagt. Die Lösung begegnet mir auf dem Weg.“ Aber niemand kam ihm entgegen.

Allerdings lag nach einer Kurve ein riesengroßer Felsbrocken mitten auf dem Weg. Er war größer als Egon.

*„Das soll die Lösung sein? Ich esse doch keine Steine!“* Egon schaute, wo der Weg weitergeht. Vergebens! Er konnte nicht einfach an der Seite vorbei. Auf der einen Seite befand sich eine Felswand und auf der anderen ein hoher Holzstapel. Auch der grenzte an eine Felswand. Nirgends gab es ein Durchkommen für Egon!

*„Die Lösung begegnet mir auf dem Weg! Das ich nicht lache!“* höhnte Egon gen Himmel. *„Von wegen! Der Weg ist hier zu Ende und ich bin immer noch hungrig. Man kann wirklich niemandem mehr glauben, noch nicht mal dem CHEF!“* – Dabei war Egon wirklich gewillt, das Problem zu lösen. Zu Anfang! Doch jetzt sah er keinen Ausweg mehr.

*„Mit wem sprichst du?“* vernahm Egon plötzlich eine Stimme, aber niemand war zu sehen. *„Vor lauter Hunger höre ich schon Stimmen! Jetzt geht es wohl zu Ende mit mir.“*

*„Hey, hier oben bin ich.“*

Egon schaute nach oben und sah auf dem

Felsbrocken einen Tiger. *„Hallo! Ich habe schon gedacht, es geht mit mir zu Ende, weil ich eine Stimme gehört und niemanden gesehen habe. Aber da ist ja doch jemand!“*

*„Was machst du hier?“* wollte der Tiger von Egon wissen. *„Ich bin auf dem Weg und suche die Lösung für mein Problem. Sie soll mir begegnen. Bist du etwa die Lösung?“*

*„Sehe ich so aus?“*

*„Ich weiß nicht wie die Lösung aussieht, deshalb habe ich dich ja gefragt, ob du die Lösung bist.“*

Der Tiger machte nur ein fragendes Gesicht.

‚Was ist das denn für ein Typ? Sah ihn als mögliche Lösung an. Der hat doch nicht mehr alle Krallen an den Pfoten!‘ So ganz wohl war dem Tiger nicht. Er wollte einige Zeit zum Nachdenken gewinnen und er sagte vorsorglich zu Egon: *„Jetzt setze dich erst mal ganz ruhig hin und tue ein paar tiefe Atemzüge. Du wirst sehen, es wirkt Wunder. Danach reden wir weiter.“*

Egon setzte sich brav auf seinen Hosenboden und tat wie ihm geheißen. Plötzlich sprang er auf: *„Du bist die Lösung! Wenn ich dich esse, bin ich satt!“*

*„Ich will nicht von dir gegessen werden. Ich will* ***dich*** *essen, denn ich habe Hunger und du kommst mir gerade recht!“*

Der Tiger fletschte die Zähne.

*„Geht's dir noch?"* fragte Egon ungläubig *„Ich will nicht deinen Hunger stillen! Such dir was anderes!" „Such du selber was anderes! Der Film läuft ohne mich!"* rief der Tiger wütend.

„EIN EINZIGES GESETZ GILT ES EINZUHALTEN!" ertönte jetzt mahnend die bekannte Stimme von ganz oben.

Egon und der Tiger schreckten zusammen! Als erstes ergriff der Tiger das Wort: *„Okay, ich esse dich nicht. Mensch, sag, was willst du jetzt tun?" „Ich weiß es nicht, Tiger. Wollen wir zusammen verhungern? Ich mag nicht alleine sterben."*

*„Bist du noch bei Verstand?"* fragte der Tiger. *„Was ist denn das gerade wieder?" „Was?" „Na, V e r s t a n d?"*

*„Also jetzt glaub ich wirklich, dass dir sämtliche Krallen an den Pfoten fehlen! Du bist ein Mensch. Alle Menschen haben Verstand!"*

*„Ach so? Davon weiß ich nichts. Den hat mir dann wohl jemand untergejubelt und ich habe es wieder mal nicht gemerkt. Na ja, dann ist er halt da. Ich kann es jetzt nicht mehr ändern!"* resignierte Egon.

*„Ich glaub, gleich lösen sich meine Streifen vom Fell!"* rief der Tiger, schüttelte nur den Kopf und konnte nicht glauben, was er da hörte.

Für Egon begann es jetzt interessant zu werden. Er hatte etwas, von dem er noch nie etwas gehört hatte und gar nicht wusste, was es überhaupt ist. Das wollte er jetzt wirklich genauer wissen.

*„Du weißt über den Verstand Bescheid, Tiger?“ - „Ja.“- „Was macht der Verstand? Kann er mich satt machen?“ - „Der Verstand kann dich nicht satt machen.“*

*„Vielen Dank, dann brauch ich ihn nicht!“*

*„Er kann dich nicht satt machen, aber er kann dir helfen, satt zu werden, wenn du ihn benutzt. Hast du deinen Verstand noch nie benutzt?“*

*„Offenbar nicht! Denn ich bin immer noch hungrig. Sage mir, wie mache ich nun, dass mir der Verstand hilft, satt zu werden? Soll ich ihn mal fragen, ob er mir hilft?“*

*„Du kannst deinen Verstand nicht fragen. Benutze ihn einfach, setze ihn ein. So hilft er dir!“*

*„Und wie benutze ich ihn…?“*

*„ Das ist die große Frage! Wie benutzt der Mensch seinen Verstand? Und wozu? …*

PS: Ähnlichkeiten mit lebenden Personen sind wirklich nicht beabsichtigt sind.

# Der Apfel

Ein Mann stand schon eine ganze Zeit lang unter einem Apfelbaum und schaute sich einen Apfel an, der direkt vor seiner Nase hing. Der Mann war sehr hungrig. Er überlegte: Ob mir der Apfel schmecken wird? Und dachte weiter darüber nach. Er betrachtete weiterhin den Apfel und machte sich die verschiedensten Gedanken über den Geschmack des Apfels. Aber er kam zu keinem Ergebnis. Indes wurde sein Hunger immer größer.

Plötzlich saß auf dem Apfel ein kleines Männchen. *„Was machst du hier?“* wollte es wissen. *„Ich schaue den Apfel an und überlege, ob er mir schmecken wird. Denn ich bin hungrig.“* sagte der Mann. *„Nun, wird er dir schmecken?“*

*„Ich weiß es nicht. Ich habe es noch nicht herausgefunden!“*

*„Aha! Wie willst du es herausfinden?“ „Indem ich mir darüber Gedanken mache, ob er mir schmecken könnte.“ „Wie lange bist du schon hier und überlegst?“ „Schon ziemlich lange.“* seufzte der Mann.

*„Glaubst du, dass du mit deinem Nachdenken und Überlegen herausfinden wirst, ob dir der Apfel schmecken wird?“* fragte das Männchen. *„Warum pflückst du dir nicht den Apfel und kostest ihn einfach? Dann wirst du es sicher wissen!“*

*„Das habe ich mir auch schon gedacht.“ „Du hast gesagt, du bist hungrig und direkt vor deiner Nase hängt ein Apfel, der deinen Hunger stillen könnte. Du brauchst ihn doch nur pflücken! Oder hast du damit ein Problem?“ „Nein.“ „Und was ist dann das Problem?“ „Ganz einfach, dass ich nicht weiß, ob mir der Apfel schmecken wird.“ „Solange du ihn nicht kostest, wirst du es nicht wissen.“ „Aber was mache ich, wenn er mir nicht schmeckt?“ „Diese Entscheidung kannst du treffen, wenn du ihn gekostet hast. Und was machst du, wenn er dir doch schmeckt?“ „Dann esse ich ihn auf!“* sagte der Mann erleichtert. *„Ich wünsche dir guten Appetit!“* sagte das Männchen und verschwand genauso plötzlich wie es aufgetaucht war … und der Mann blieb wieder allein mit dem Apfel direkt vor seiner Nase ….

Die Äpfel sind reif.
Es ist Erntezeit.
Ich halte den Korb für die Früchte bereit.
Sie locken mit Süße und Duft!

Niemand ist da, der ruft:
Steig nicht zu hoch! Sonst fällst du tief!
Du bist keine Taube. Trägst keinen Brief.

NEIN! – Ich bin ein Vogel!
Ein K u n t e r b u n t e r.
Singe mein Lied. Mach' die Menschen munter.

Wacht auf ihr Leute! Und seid bereit,
euch selbst zu begegnen. Es ist höchste Zeit!
Nehmt ab eure Masken! Legt ab das Kostüm!
Und schaut euch an, was ist wirklich darin.
Hinter der Maske, dem Kostüm, dem Gehabe.

In jedem von euch
steckt eine besondere Gabe!
Die wird jetzt gebraucht für alle auf Erden!
Als Same! Damit daraus neue Früchte werden.

# DANKE

allen Menschen, denen ich in meinem
Leben bisher begegnet bin
und noch begegne.

Dankeschön an SAPHIRA
und unsere Freunde.

Danke Dir, Monika,
für die Illustrationen und mein Logo.

Einen besonderen Dank an meine Mutter,
die mir mein Leben schenkte.

Vielen Dank Konrad,
du hast mir das Geschenk gezeigt.

Mir danke ich, daß ich mir erlaubt habe,
mich diesem Geschenk zu öffnen und
mir damit selbst begegnet bin.